朵朵自在小語

開成自己喜愛的花

朵朵——著

開成自己喜愛的花——朵朵小序

去年春天來過的老鷹們又盤旋在天空裡唱歌了，山徑邊也長滿了藿香薊和咸豐草，在我經過的路上與我一起綿延往前，而每年的這個時節，我總是會走到山的深處，去探望一棵開花的樹。

那是一棵很美的櫻花，單獨生長在無人經過之處，朵朵白花開滿一樹十分美麗，然而除了我，沒有人看見那樣的風華，當花落了一地的時候，也沒人看見那樣的凋零；可是這棵樹從不因為有沒有人欣賞而猶豫要不要開花，每一年的春天，它總是如常地綻放，當春天結束的時候，也總是如常地離枝，它的花開花落從來就不是為了別人，所有的開落都是順其自然，都只為了自己本身。

我喜歡那樣的自在。在這棵開花的樹身上，我看見怡然自得的品質。

自在的感覺就像這樣，開成自己喜愛的花，無論天晴天雨，都要全心全意和自己在一起，愛悅著自己獨特的美麗與芳香，同時卻也放下所有自我意識，沒有驕矜，沒有失落，沒有悔恨過去，也沒有憂慮未來，只是專注在此時此地，帶著喜悅與覺知，感覺當下自己的存在，感覺自己屬於整個存在，也感覺自己的存在即是整個存在。

自己要在，才會自在。同時也要放下自己，才能感覺天清地闊的大自在。

在春末夏初出版這本自在小語是一件美好的事，因為這是一年之中我最喜歡的季節，風的溫柔剛剛好，雲的流動剛剛好，分享自在的感覺也剛剛好。

這是第二十九本朵朵小語了，也是第六本精選集，前五本分別是愛情小語、快樂小語、靜心小語、解憂小語和相遇小語，而這本則是以自在為主題的小語。書中收錄了一百二十篇精選，分成六個章節。

以前的精選集，包括另外兩本金句集《日日朵朵》和《日日朵朵愛之花》都是由我自己編選，這本自在小語則是首次由編輯選輯，從絕版書中挑選這一百二十則費時費心，謝謝好友婷婷為我分擔了這件事，也謝謝文編怡蓁與美編昱琳在後續的編排之中和我一起完成這本書。

還要謝謝你翻開了它。

親愛的，希望你喜歡這本自在小語，也希望你在閱讀的當下，亦能感覺自己是一棵開花的樹，內心有芳香的花朵正在自在地綻放。

Contents

卷一　有一種神秘且美好的能量流過了你

卷二 一片浮雲總是欣然接受自己任何時候的樣子

卷三　悠閒的人才能凝視上帝的窗口

卷四　讓你的每一個想法都帶著光

卷五　靜靜陪自己走一段路

卷六　用心凝視流過的每個瞬間

卷一

有一種神秘且美好的能量
流過了你

讓一切順其自然地發生

在經歷了一連串的動盪之後，你珍惜現在的平靜，也體會了「不游泳，只是漂浮」的奧義。

讓身旁的一切順其自然地發生就好。

雲在飄，水在流，花在開，葉在落。但你不做什麼。

只是看著。

只是看著身旁的一切順其自然地發生，看著就好。

平靜地接受吧

事到如今，你不斷地問著自己，當初真的做了正確的決定嗎？那時真的有把事情想清楚嗎？如果時光倒流，自己還會做一樣的選擇嗎？

親愛的，這一切會變成這樣，並不是因為你的決定和選擇，而是事情的發展走到了它必然的格局。

所以，別再頻頻自問到底做得對不對，只需要平靜地接受發生在你生命當中所有的變化，就像天空接受風的來去和雲的聚散。

風流雲散不曾止息，這一切也還未成定局。當你繼續往前走下去，必然會看見另一番柳暗花明的風景。

永恆的瞬間

你看那朝生暮死的小花，一天就是一次輪迴。

還有那捲起又散落的波浪，一分鐘裡就有數次的返回與逝去。

早晨的雲不同於黃昏的雲，今日的你也不是昨日的你。

所以，親愛的，你又何必為了一時一地一瞬間所發生的那一事耿耿於懷呢？那就像流過的水，根本沒有在時間的河道裡稍稍停留，片刻就過去了呀。

沒有什麼永恆不變的實體，一切都是流動的過程，你的身心如此，這個世界亦是。

只是過程而已

下了許多天的雨，在這個午後放晴了。

你出門散步，看見路邊的花圃裡，不知什麼時候已經開滿了不知名的小野花。

祂未曾應許天色常藍，花兒常開，但祂應許祂的慈恩常在。彎下腰賞花的同時，你想起了這句話。

而那個你曾經以為過不去的關卡，現在不也早已飄散成天邊的雲影？

親愛的，當你處在低潮中時，不要以為那就是永遠。再多的陰雨，都只是一段一定會過去的過程。

這樣而已

因為時間的流轉，因為環境的改變，因為地上花草的開謝，也因為天上星星的運行，所以有些感覺消失了，有些情感不再了。

親愛的，請不要難過。

你和他只是從瞬間的愛情狀態回復到恆定的愛的狀態而已。

你和他只是一起經歷了一段美麗的過程而已。

你和他只是臣服於人生的流變而已。

改變的是愛情，而不是愛。

只是這樣而已。

恆常的變動

你曾經擁有那樣美好的幸福，也曾經經歷這樣痛苦的破碎。

為了不讓自己在破碎之中回憶美好而感到更巨大的痛苦，於是你試圖說服自己，所有的美好都是假的。

親愛的，這樣的你只會陷落在更強烈的虛無裡。

不要否定過去，不要因為後來的破碎就懷疑先前的美好，這個世界恆常在變動之中，你只能以樂觀與勇氣承接每一個片刻的來臨。

親愛的，你並且要相信，在經歷了這樣痛苦的破碎之後，前面依然有美好的幸福在等待著你。

過了就過了

一條河不會回顧它的來處，一朵雲也不會記憶從前的形狀。

你的人生也是這樣，不論是刻骨銘心還是雲淡風輕，過了就過了。

許多美好的一瞬，都只是存在於那個發生的當下，過了就過了。

在歡笑中回想悲傷徒增哀愁，在悲傷裡追憶歡笑更是悵惘，所以何必對往事念念不忘？過了就過了。

身是流水，心似浮雲。這才是你靈魂的樣子。

那麼就釋放過去吧，並且接受未來無窮的變化。

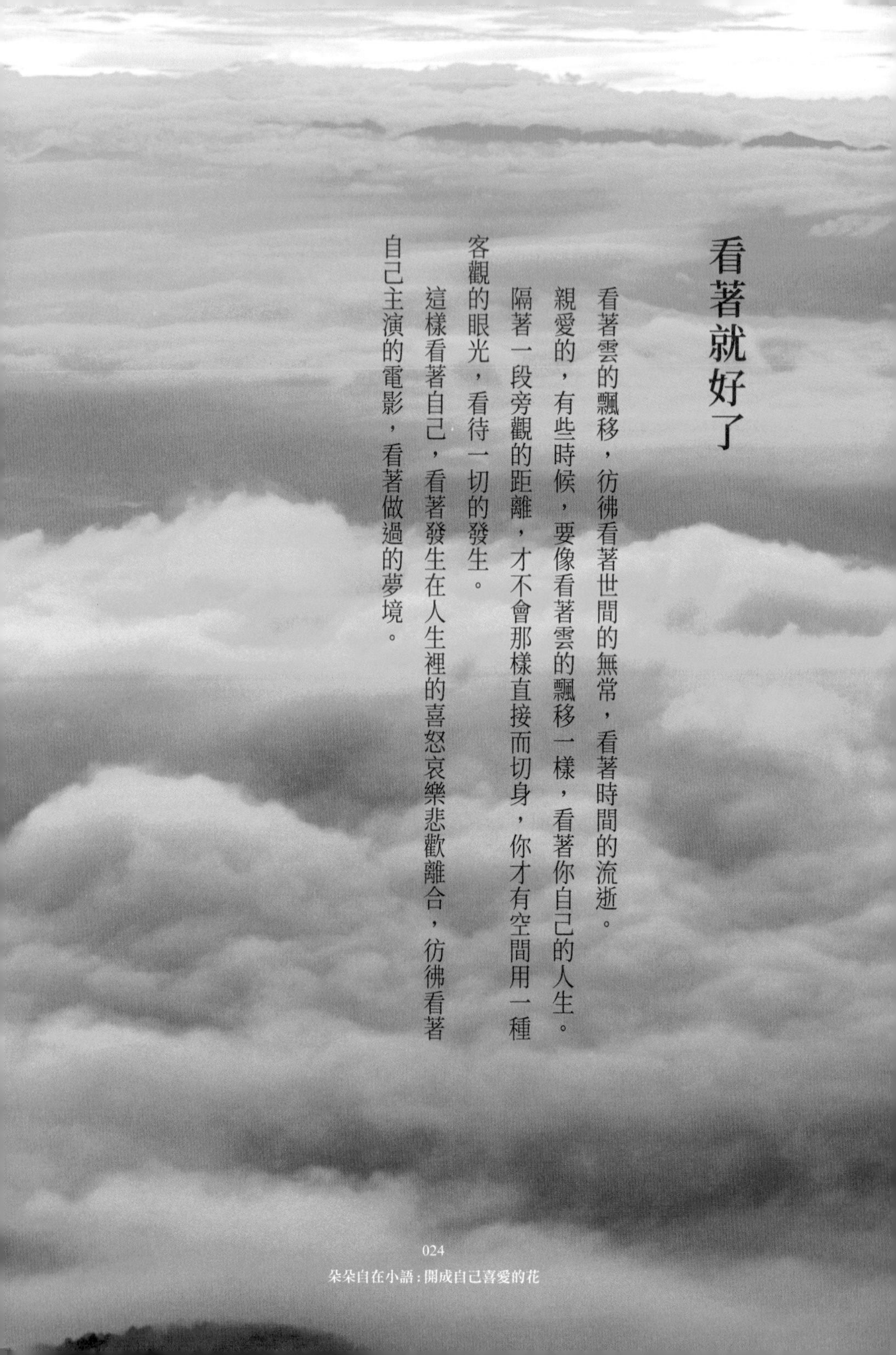

看著就好了

看著雲的飄移，彷彿看著世間的無常，看著時間的流逝。

親愛的，有些時候，要像看著雲的飄移一樣，看著你自己的人生。

隔著一段旁觀的距離，才不會那樣直接而切身，你才有空間用一種客觀的眼光，看待一切的發生。

這樣看著自己，看著發生在人生裡的喜怒哀樂悲歡離合，彷彿看著自己主演的電影，看著做過的夢境。

從雪花到浪花

秋天，山頭開始飄雪。

冬天，飄雪成了積雪。

春天，陽光把積雪融化成雪水。

夏天，雪水順著河道往山下流。

一直流一直流，流進小溪流進大河，最後流進海洋。

於是海裡的每一朵浪花，都可能曾經是高山上的某一片雪花。

人生是隨著際遇流動的過程，但不論有怎麼樣的起落變化，親愛的，你純真的本質依然如初。

時間的歌

有一些歌，你一聽就喜歡。也有一些歌，你要多聽幾遍，心弦才會漸漸被觸動。

人與人之間，不也是這樣嗎？

有一些人，你一見就覺得有好感。也有一些人，你得深入他的世界，才會在不知不覺中悄悄為他而心動。

有些緣分需要歲月來證明，愛上一首歌如此，喜歡一個人亦是。

聽海

有一種心理治療的方式，就是到海邊去傾聽海浪的聲音。

周而復始的浪濤聲，從亙古以來到永恆以後，始終如一。聆聽海浪，令你慢慢感到安心，也感到無可言喻的放鬆和平靜。

周而復始的浪濤聲，彷彿是一種宣示，告訴你在這個變動的世界裡，還是有一些不變的什麼，還是有某種存在可以讓人依靠，使人放心。

所以，親愛的，常常到海邊去走走吧。

聆聽海浪，讓連綿的濤聲撫平你心中翻騰的浪花。

聆聽海浪，讓滾滾的波浪沖刷那些令你不安的沙礫。

聆聽海浪，也聆聽自己內在真實的聲音。

一切終將過去

那些曾經讓你流淚的悲傷和痛苦，當時間過去，都將成為天邊雲煙。

至於眼前這些小小的困頓、小小的不順和不悅，也不過是時間之河裡，旋生旋滅的泡沫罷了。

所以，何必和自己過不去呢？那些讓你不舒服的人和不愉快的事，就一笑置之了吧。

畢竟一切終將過去，所以種種不快都不需要在意。

但親愛的，也因為一切終將過去，所以在每一個美好的當下，都要全心全意地珍惜。

真實的擁有

你問，是寧可從來都沒有得到過，還是寧可得到又失去？

如果從未得到，就像嚮往一處很美卻不曾到達的風景，心中永遠都有一種渴求，一種不甘心，那將成為心裡的一個空洞。

如果得到又失去，雖然會心痛，卻能把這個痛轉化為一種了然，一種澈悟。

所以，親愛的，不要為了害怕失去而不敢追求，也不要為了失去的痛苦而追悔當初，因為那個從無到有、再從有到無的過程是你的，因為那個擁有時如在天堂、失去時如在地獄的經驗是你的，親愛的，這才是真實的擁有。

至於你所失去的，不過是天使交給你暫時保管的天堂寶物。

親近宇宙的善意

疲倦的時候，往山裡走去，看花草的生長，看天空的變化，你漸漸得到療癒。

悲傷的時候，往海邊走去，看浪花的周而復始，看遠方海平面的無限，你漸漸感到平靜。

親愛的，上天是多麼愛你，隨時隨地，只要你願意與大自然親近，上天就會讓你看見宇宙的豐盈與美麗。

直覺是一條魚

對於那件事，你愈想愈心亂，愈心亂愈想不清楚。

那麼，就別想了吧。把它丟開，先去做些別的事。

做手工，做運動，或是做家事也好，把注意力轉移到你的手上，肢體的運用上，或是眼前待洗的杯盤上。

不去想那件事，反而漸漸鬆開了你打結的思緒。

當內在平靜了，你的心才能直覺地出現如何處理那件事的最佳答案。

因為，不去想，是讓那件事沉入你的潛意識，讓它自行去運轉。而當它自己理清楚了，答案就會自動浮現的。

有時候，想是必要的，也有時候，不想卻更重要。就像在急湍之中，你只看見漩渦，唯有到水清之處，你才能看見那片透明。

親愛的，當某件事想不清楚的時候，不妨善用你的直覺；而直覺是一條魚，只有在你的心清靜如水的時候，它才會悠然出現。

靜靜坐著就好

有時候，你覺得不是你在說那句話，不是你在做那首曲子，不是你在寫那篇文章，而是有一種神秘且美好的能量流過了你，讓你自然地傳遞出溫柔的訊息。

就像那位智者說的：只要靜靜坐著，什麼也不做，草木就會生長，春天就會來臨。

靜靜坐著就好，讓一切自然發生。

靜靜坐著就好，有時候這真的比什麼都重要。

親愛的，隨遇而安吧。創作如此，愛如此，生活也如此。

都是一時而已

下雨天沒帶傘，讓你淋得一身溼，於是你只好進入一間陌生的小店避雨，卻在那裡意外地發現超美味的獨家蛋糕。

看見眼前地上有一張無主的千元鈔票，你蹲下身想去撿拾，卻因為一個不平衡而不小心跌了一跤。

什麼是好事？什麼是壞事？

有時候，看起來是天降好運，後來才知道暗藏凶險。

也有時候，以為是不幸降臨，後來的發展卻驚喜連連。

所以，親愛的，不要為了一時的不順而抑鬱，所有的好壞都是暫時的，都會隨著時間的改變而改變。

也許你還在為春天的落花感傷，但在它下墜的同時，樹梢卻已準備結出秋天的果實。

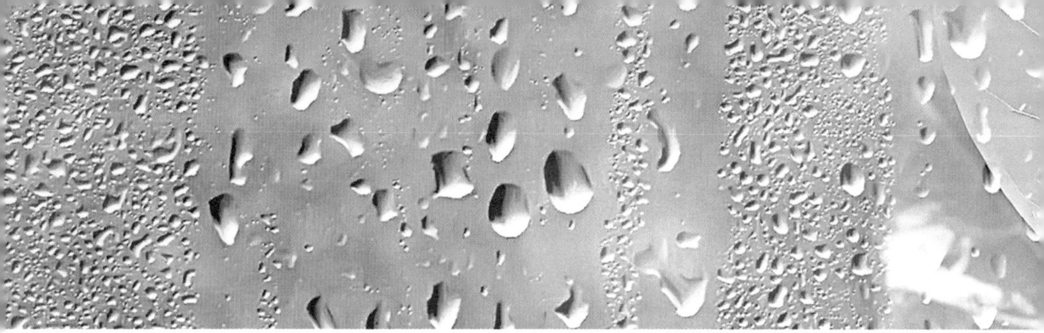

像雨一樣

在這個鬱悶的下午，你的心情就像烏雲密布的天空。

天空的邊緣傳來隱隱作響的悶雷，你的心裡也有雷聲隱隱。

悶雷終於破裂，在層層烏雲裡爆炸開來，你的心中彷彿也迅速裂開了一個缺口。

忽然，非常措手不及的，大雨發瘋一般地傾盆落下，你也在瞬間痛哭失聲。

此刻，一切都好，只要專心的哭泣，感受溫暖的淚水在臉上奔流，其他什麼都別再多想。

每個人都需要好好哭一場，就像這個地球需要雨水一樣自然。

雨後的天空無限遼闊，而哭過的你流成了一條清澈的小河。

淚的旅行

冬天還沒過去的時候，一滴眼淚，帶著憂傷，從你的眼眶溢出，把臉頰流成淚的渠道。

流到盡頭，你的眼淚墜落，掉進土裡，滋養了一顆需要水分的種子。

春天來臨的時候，那顆種子長出枝葉，開出花來。你經過，看見一朵花正對著你微笑，笑得那樣燦爛，於是你也開懷地笑了。

因為一滴憂傷的淚，所以開出一朵喜悅的花。世事總是如此，親愛的，你總是有所領悟，總是笑中帶淚地知道。

你的想念他知道

你正在想念著某人嗎？

因為是無法傳遞的想念，所以你也正感到憂傷嗎？

親愛的，請不要難過。你可知道，在這眼前所能看見的世界之外，還有另一個看不見的世界，以人與人之間的念波為網路，傳遞著潛意識裡的訊息。

因此，當你正在想念他的時候，也就是他的潛意識接收到這個訊息的時候。這兩者同步發生。

人與人之間的心靈都是相通的啊。所以，想念他，就在心裡對他盡情傾訴你想要說的話吧，如此，你會釋然，他會知道。

腳下的月亮

親愛的，你看過在你腳下的月亮嗎？怎麼可能？你說，月亮不都是在天上的嗎？是可能的，如果你在夜裡搭機飛行，就有機會從窗口俯視下方的月亮。

這是因為，當你站在地球表面的任何一個點時，對於月亮都只能仰望而已；而當你離開地球表面，與月亮之間沒有了參考座標的界限，於是，月亮就可能出現在你的上下左右任何地方。

對於世間種種的看法，不也如此嗎？

離開地表，離開被習慣制約的立場與角度，親愛的，你才能看見腳下的月亮，才能看見另一個真相。

無常

你總是認為快樂的時光裡藏著險惡，你總是懷疑有什麼不幸的事件在你的視線之外悄悄進行，準備在你轉彎的時候，迎面給你一個猝不及防又痛徹心扉的撞擊。

生命中確實充滿了意外，災難隨時都可能發生；但與其憂愁終日，戰戰兢兢地預支痛苦，不如把意外視為平常，如此，你將漸漸了解生命的無常。

無常即平常。所以，別再憂心忡忡地預支苦痛，快樂的時候就好好享受快樂，等到悲傷真正來臨時，再認真感受悲傷。

卷二

一片浮雲總是欣然接受

自己任何時候的樣子

青鳥

你曾經聽說青色的羽毛是幸福的象徵，所以你在陽臺上放了一碟小米，期待可能某一天，會有一隻青鳥飛來。

但是，一天又過一天，你不曾看見傳說中的青鳥，你的陽臺上甚至連一支青色的羽毛也沒有留下。

倒是有一群麻雀總在早晨飛來，吱吱喳喳地啄著那碟小米，你看著牠們愉快的模樣，原本失落的心情漸漸柔軟了。

於是，一天又過一天，你不再等待傳說中的青鳥，因為你已經發現，有能力給予，就是一種幸福。

現在你依然每天在陽臺上放一碟小米，你說你喜歡飼養這城市的流浪鳥群。而你也相信，你已經得到了你的幸福青鳥。

只有

只有清風在枝葉之間搖動的光影。
只有蝴蝶在草葉之間翩飛的身影。
只有帶著水意的微風掠過手臂的清涼觸感。
只有各種花草聚集而成並沁入肺葉的香氣。
只有原野交響曲般此起彼落的蟲鳴。
只有遠方天邊自由的鳥迹。
只有當下。
只有你。

放鬆

親愛的，你的日子過得太緊張了，那真的有礙你的健康。

現在你最需要的，是鬆開你背上的發條。

你已經當了太久的機器娃娃。

閉上眼睛，試著讓自己放鬆，鬆成一片浮雲。游絲一般的浮雲。

感覺風就在你的四肢百骸裡，你的髮絲、眼睫與指尖，流動著風的香氣。

然後，你就停留在那裡……

等到下次當你又覺得疲憊不已的時候，就到那片天空裡去尋找屬於你的那片浮雲。

越困難越輕鬆

那件事已經煩擾了你很久，有時候你簡直會懷疑，也許你永遠都解決不了。

因為你是如此被它反覆纏繞，所以你的處境無異雪上加霜，加倍煩擾。

你何不暫時跳脫開來，把那椿事件當成一部影片，你不再是困身其中的主角，而是一個冷眼旁觀的觀眾。

你最好選擇距離銀幕頂遠的那個座位，而且，對了，手裡還要捧一盒爽脆的爆玉米花。

越困難的時候，越該放輕鬆。

反正再長再爛的影片也會結束嘛，反正天底下根本沒什麼事是真的大不了。

讓他走

如果相愛的過程已經完成，那麼就接受這樣的結果吧。如果現在的你還無法為他祝福，那麼就盡量讓自己好過一點吧。

充滿憎恨的心很苦，親愛的，你應該知道，過去的愛並不是一場錯誤，而未來等著你的，還有變化無窮的人生道路。

不需要報復，否定了曾經愛過的人，就是否定了自己的眼光。

不需要報復，就算他再痛苦，也不能增加你的幸福。

把自己鬆成一片浮雲

何必把自己繃得那麼緊？你像一把弦調得太過的琴，隨時都可能斷裂。

何必對那件事那麼在意？你像一只沒有自主能力的遙控器，所有的喜怒哀樂都讓別人來決定。

把自己鬆成一片浮雲吧，心境比天空更高遠更自由，如果被風吹散了，也就愉悅地算了。

一片浮雲總是欣然接受自己任何時候的樣子，即使化作一場雨，也將輕快地隨著水流去。

花的離去

就像每一朵花總有一天都要離開棲息一生的枝頭，你也是每隔一段時間就得告別一個地方。

就像花與樹從不互相挽留，那麼，當離別來臨的時候，你也無須遺憾或強求。

花的離去，不過是跟著四季的輪迴而流轉，你的離去，也只是自然地跟著生命的節奏走。

風來了，花落了。時間到了，你該走了。

一如落花沒有任何牽掛，當轉身之後，親愛的，你也要學習那份完全的放手。然後，你會得到真正的自由。

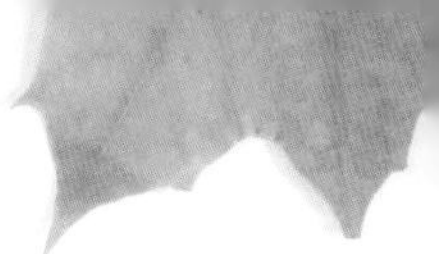

愛是無所求的自由

你說，和他在一起的回憶有多美好，你現在的失落就有多少。

親愛的，雖然他已經離開了你身邊，雖然以後不知道能不能再相見，但形體的距離並不等於靈魂的距離。

愛本來就不是限制，不是擔憂，更不是佔有。

愛是無所求的自由，像一陣風一樣地在彼此的心念之間來來去去，任意穿梭。

所以，想念的時候，請帶著微笑，因為他感覺得到。

高處

深夜，你站在高處，俯望著底下的滿城燈火。

那些閃爍的光影裡，其中有一盞燈，是屬於你的。

平時的你，正在那盞燈下，或是看書聽音樂，或是沉思凝想。

但此刻，你卻站在這裡，在平時的你之上。

許多事情也是這樣，雖然置身其中，但心要在其上，這樣，你才能時時把自己從中抽離出來，用一種超越的角度，看清自己所在的世界。

站在高處的你，默默地這麼想。

世界的寬度

對於那個人，你要念念不忘到幾時？對於那件事，你又要耿耿於懷到什麼時候？

親愛的，你當知道，該忘記的就必須忘記，該放手的也就只能放手。

正如時間到了，所有的葉子都得離開它所依賴的大樹。

當一片葉子緊抓著大樹不敢鬆手時，它看見的只是一根枝椏；只有成為一片落葉之後，它才能真正看見那棵樹的全貌。

當一片葉子緊抓著大樹不敢鬆手時，它的世界只是一片葉子的寬度；只有成為一片落葉之後，它才能自由自在地在空中飛舞，體驗世界的無限。

你的悲傷

有時候，你的心裡彷彿被重重一擊，悲傷忽然來襲。

那是埋藏在你記憶海平面底下的冰山，猝不及防之間，撞船了。

那麼，就溶解你的悲傷，而不是繼續冰凍它。趁這個機會穿越過去，並且放過自己。

若是想哭，痛快地哭。如果有淚，讓它流下。

於是你的悲傷淌成冰河，緩緩流過極地，流過寒帶，流過崇山峻嶺。

終於你的悲傷來到溫帶的暖土層，化成溪水，琤琤瑽瑽，開始輕快地唱歌。

最後，你的悲傷再度流入大海，卻不是那面冰凍的海洋，而是另一片流動的水域，它平靜溫柔，接納一切，也消融一切。

海平面下，你的悲傷靜靜安息。

海平面上，海鷗悠閒地飛翔，飛往高高的雲天裡。

昨日歸零

每天早晨，當你從夢中醒來，總會有一小段時間的寧靜之感。在還來不及想起昨天的時候，你彷彿出生的嬰兒，比白紙更純潔，比流雲更放鬆。

但是，當意識漸漸湧入你的腦海，所有的憂愁思慮隨之而來，複雜的昨日再度將你占據，你的身心又開始緊繃了起來。

如果讓你煩惱的是可以解決的事件，那麼今天就努力去解決。

然而那些昨日的憂愁思慮往往只是種種模糊的感覺，根本無從解決。

於是你帶著舊有的身心進入今天，於是每

一個今天和每一個昨天都沒什麼不一樣，充滿了長久累積的挫折與無力，錯覺與偏見。

所以，親愛的，可不可以在每個早晨醒來的時候，就把每一個昨天歸零呢？

別讓昨天拖累了今天，那麼，你的每一個今天才會是簡潔的小品文章，而不是蕪雜的長篇連載。

如雲悠遊

在眼前的世界之外，還有一個更瑰麗神奇的世界，而它的入口處，就在你腦海的正中央。

你若渴望，你必追尋。唯有開始通往內在的旅程，你才能成為生命的旅人。

沒有任何邊界可以阻攔雲的悠遊，也沒有任何框架可以限制你心靈的自由。

就像天空沒有邊緣，你的內在也無限遼闊。

結束的時候到了

雖然結束的時候到了，可是真正的自由，也是從這裡開始的。

不再受制於一個人、一種情感、一段關係，熬過所有負面的情緒之後，甚至不再受制於一截記憶。

這時，終於可以完完全全做自己的主人。

這時，終於可以四面八方任意來去。

所以，親愛的，不要害怕對令你窒息的過去告別，也唯有在自由的空氣裡，你才能暢快地呼吸。

常常仰望天空

當生活被各種瑣事堆積得太擁擠的時候，就抬頭看看天空吧。

如果蔚藍的天空像一幅沒有邊際的畫布，那麼自由的想像，就是一枝沒有限制的彩筆。

畫一隻鳥，跟著牠展翅翱翔。

畫一朵雲，看著它隨風變幻的自由。

畫一架飛機，追隨它一起飛向雲深不知處。

常常仰望天空，讓你的心從現實出走，讓那片遼闊將你的夢想一一收留。

流動中的歡愉

為什麼再高明的畫作還是無法描繪真正的自然之美？

為什麼再清晰的照片還是不能完全複製令人心曠神怡的好風好水？

也許就是因為，畫作與照片都是靜物，不會流動。

流動是風的能量，不拘泥於一時，也不執著於一處。

有了風的流動，水的流動，天光雲影的流動，讓置身其中的你，心中也有了歡愉的流動。在流動之中，一切都鮮活了起來。

親愛的，你也要讓自己處於流動的狀態，常常散步，常常旅行，常常學習新事物；不斷流動的你，也不斷地被一成不變的生活所釋放，不斷地在更廣大的天地中感到無限自由。

放下懸念

你任你心愛的那人去快意飛翔，你說愛一個人就是要讓他自由。

然而你又擔心，他會平安順利嗎？他會幸福快樂嗎？他會時時刻刻想念著你，一如你時時刻刻想念著他嗎？你給了他行動上的自由，卻因懸念而把自己層層綑綁，這樣的愛反倒讓你自己不自由了。

而他感覺到你的不放心，又怎麼會有真正的自由？

所以，親愛的，自由不只是口頭上的允諾，更是由衷地信任對方。唯有信任，才能真正解開彼此纏縛的翅膀。

給出去的才是你真正擁有的

想著自己，狀態是封閉的，所能成就的必定有限。

想著別人，才有讓天使降臨的空間，所能完成的才將不可設限。

自私的人到達不了任何地方，無私的心才能帶著你往高處飛翔。

親愛的，緊握在手中的只是虛空，能給出去的才是你真正擁有的。

生命的奧秘之一在於，你如何慷慨地給予別人，上天也就如何慷慨地給予你。

內在的空無

你的心裡填滿了太多的憂慮，連讓一枚蝴蝶飛過的空間都沒有。

你的頭腦裡裝滿了太多的思緒，連讓一陣微風吹過的空間都沒有。

靜靜聆聽樹梢間一隻鳥兒的歌聲，那可能比聆聽牧師的講道更重要。

靜靜凝視天空裡雲朵的散聚，那可能比凝視黑板上的英文講義更重要。

親愛的，恆常把你內在的空間開放給空無，你才能感受清風的溫柔，蝴蝶的飛舞。

隨風去旅行

該有一場這樣的旅行。風往哪裡吹，就往哪裡去。沒有預設的目的，也沒有沉重的行李，不做任何行前規劃，全憑途中當下的心情。

像落葉，身心一片輕盈。別想太多了，只要隨風去飛就好，愉悅而放鬆，最後落到哪裡都無所謂，旅途本身就已夠回味。

人生不也是這樣嗎？最精采的總是意外發生的，最驚喜難忘的總是預料不到的。真正重要的從來就不是目的，而是獨一無二、不能重複的過程。

該有一場這樣的旅行，讓你的心像風一樣瀟灑，也讓你的存在像風一樣自由來去。

卷三

悠閒的人才能凝視上帝的窗口

天生的樣子

一棵楓樹不會企圖長出柳樹的葉子，一株玫瑰也不會希望開出芒果的果實。

所有的植物只是順著內在的本能，自然地生長，然後成就了天然的風姿。

就像香草不需要理會杜鵑的生長法則，親愛的，你也有你天生的樣子，不需要追隨別人的審美標準。

自在最美，與其羨慕別人，不如接受那個真正的自己，才能活出你獨一無二的風格。

感覺你的呼吸

有時候，你會有一種突然而來的不安，甚至是莫名其妙的心慌意亂。一顆心彷彿四處飄散的柳絮，無法聚攏在一起。

這種感覺發生的時候，親愛的，請觀察你的呼吸。一開始，你的呼吸必然是急促的，但只要你持續觀察下去，漸漸的，它將緩和下來，進入一種平靜而悠長的狀態。

同時，你慌亂的心也慢慢安定了。呼吸與心，一體兩面，氣息相通。

感覺你的呼吸，就是靜觀你的心。呼吸鬆了，心也舒展了。

水與岸

如果沒有河岸堅實的擁抱，河水就會氾濫成災。如果沒有河水輕快的流動，河岸也將成為虛空的存在。

水與岸，就像你的熱情與冷靜——熱情需要冷靜的節制才不至於失控，冷靜需要熱情的溫度才能傳達愛。悅人的愛情總是在熱情與冷靜之間來去。愛著他的你，對他愈是熱情，就愈是要有隨時都可以回到自己的冷靜。

如此，這份愛才能流動。親愛的，你才能自在。

落葉的樹

就像一棵樹到了秋天，葉子就自然地枯黃掉落一樣，你和他的情誼，也來到了難以維持的季節。

暫時不再見，並不是因為不再有感情，而是決定不再讓表面冷淡的互動引起內在劇烈的波動。

正是因為珍惜過去的繁花盛景，才會拒絕後來的蕭瑟破壞了曾經美好的回憶。所以，就讓一切靜靜地停止在這裡吧。

而時光的腳步當然還是繼續往前走，從不為任何人停留……

當下一個春天來臨，這棵樹或許會發出新葉，你和他或許還有再度相遇的緣分，那麼就隨緣地接受。

也或許，所有的快樂與悲傷就終止在那個落葉的季節，不再有任何往後，那麼，親愛的，也隨緣地接受。

至少要平靜

在你跌入人生谷底的時候，你身旁所有的人都告訴你：要堅強，而且要快樂。

堅強是絕對需要的，但是快樂？在這種情形下，恐怕是太為難你了。畢竟，誰能在跌得頭破血流的時候還覺得高興？

但是至少可以做到平靜。平靜地看待這件事，平靜地把其他該處理的事處理好。

平靜。沒有快樂，也沒有不快樂。能做到這一點，親愛的，你就已經有了復元的能量。

風中之鳥

當狂風吹襲一棵樹的時候，棲息在樹上的鳥兒也會跟著這陣風搖晃。

如果你是那隻鳥兒，親愛的，你是選擇飛離這棵樹，還是隨著狂風不由自主地繼續震盪不已？

所以，當夾帶著冰礫的暴風吹進你內心的居所，你是選擇走出門去，還是待在原地消沉下去？

對一隻鳥兒來說，這個世界上有千千萬萬棵樹木。鳥兒也許會在某棵樹上築巢，但必須離開的時候不會頻頻回顧。

對你而言，你的人生也有千千萬萬種選擇。當告別的時刻來臨，親愛的，你要有逆風穿雲的勇氣。

每一片葉子都是隨遇而安的

它隨著春天來到這個世界，在夏天映照著流動的光影，然後秋天的風霜將它染紅，最後隨著冬天的流水而去。

每一片葉子都是隨遇而安的。它們安於生命的旅程，坦然接受一切變化。陽光風雨，都是好的。

親愛的，不要擔心未來，只要愉快地接受一切變化，就像一片葉子一樣，生命自然會給你該有的安排。

對自己溫柔

一朵雛菊不會氣惱自己沒有開成玫瑰，一隻飛蛾也不會憾恨自己不是蝴蝶。大自然總是無怨無尤，自在溫柔。

親愛的，對待你自己，也應該是這樣的。

不責備自己，不怨怪自己，欣然接受自己的一切，帶著愛的眼光看著真實的自己。這是對自己的溫柔。

對自己溫柔的人，才能對別人溫柔。

因為你對自己、對別人、對天對地都無怨無尤，這個世界才會回報給你無限的友愛與溫柔。

看穿他的恐懼

如果有人莫名其妙地對你發了脾氣，那往往不是故意要傷害你，而是他不知如何處理他自己。

面對這種狀況，聰明的你當知道，與其對應他的怒氣，不如安靜地凝視著他，用你的眼神給予他溫柔與憐憫。

沒有誰存心要傷害誰，非理性的言行舉止背後，常常都是無法表達的恐懼。懂得這個道理之後，你就不會把對方看成一個可惡的傢伙，因為他只是一個心靈暫時被關進黑暗密室中的無助小孩。

而你怎麼忍心對一個小孩生氣呢？溫柔地對待他吧，就像一定也有別人曾經那樣溫柔地對待你。

慢速度

有時候，親愛的，問題在於你太求快了。

走路快，吃飯快，脾氣發作得快，失望來得也快。

總是風一陣火一陣的你，像一個自轉太快的星球，恆常處於巨大的焦慮與緊張之中，並且一不小心就會碰撞了別的星球。

求快的人，心臟跳動得也快，離開這個世界的速度說不定也是比別人快。

試試看放慢速度吧。

優雅地轉動。

一切慢慢來、以一種輕鬆的節奏。

請記得這句話，米蘭昆德拉說的：

「悠閒的人，才能凝視上帝的窗口。」

不是要忘記

關於那件事，你總是一再地告訴自己，別再想了。

可是，你愈是這樣提醒自己，反而愈是很難忘記。

其實讓一切自然地淡去就好。記憶是一堵牆，舊的回憶線條一定會被新的回憶色彩每天刷淡一點點；若是刻意去忘記，那就像把白色油漆潑在牆上，反而記得更清晰。

也並沒有任何事需要忘記。所有發生過的事，都是你生命歷史的一部分。

而歷史，是可以原諒，但不能遺忘的。

親愛的，不是要忘記，而是要放下。

放下，不是不再想起，而是不再怨尤多思，不再猜疑掛慮。

別對天氣生氣

一連幾天都是晴朗的好天氣，卻在你和朋友約好要一起去划船時，忽然下了雨。

短暫的沮喪是人之常情，可是親愛的，千萬別讓自己的心情一直陷溺在這樣陰雨的狀態裡。

如果無法享受划船的樂趣，那就靜靜地聆聽雨滴落在屋簷上的聲音。晴天有晴天的風光，雨天也有雨天的美麗。

和天氣生氣毫無意義，畢竟再多的怒火也不能改變既定的事實；而人生裡有太多的時候，你也必須臣服於上天的決定。

與其抱怨連連，不如心平氣和地接受注定的天氣。

畢竟你並不知道，什麼時候會下完這場雨，什麼時候又是天氣晴。

像雲一樣柔軟

天空裡有一片雲，前一刻你看它像一條魚，下一刻再看它卻像一朵花。又過片刻，它甚至消失了，廣大的天空裡沒有一絲絲雲的蹤影。

雲從來沒有固定的形狀，沒有疆界感，總是凝聚了又散佚，隨時可以與天空合一。

親愛的，讓你的心也成為一片雲，消融了自我的疆界感，隨時可以與宇宙合一。

醒來

常常，長長的一覺醒來，望著窗外的天光，一時之間你總是分不清，這究竟是夢裡，還是夢外？

然後慢慢的，慢慢的，意識像一朵花漸漸綻開了。然後慢慢的，慢慢的，你再度和這個世界有了連結。彷彿剛剛旅行回來一樣，醒來的這個瞬間，你都有一種遠遊之後的酣暢。

每天每天，你可以在另一個世界做夢；每天每天，你也可以在這個世界裡醒來。

這是多麼單純又美好的幸福！而親愛的，你的每一天就從這樣的幸福開始。

打開心靈之窗

這幢房子建材高級，屋內的擺設也很漂亮，但是你卻並不想待在這裡。

因為，這幢屋子沒有窗。

沒有窗，就沒有風的流動，沒有光的蕩漾。

沒有窗，就只有一片靜止，一潭死寂。

一個自我封閉的心靈，就像一幢沒有窗子的房子一樣，讓人感到窒息。

一個人的內在也許美不勝收，但若與別人缺乏溝通，不過只是一幢無窗的房子罷了。

所以，親愛的，要常常開啟你心靈的窗子，讓窗外的光和風傳進來，也讓窗內的笑語和歌聲飄出去。如此，生命才能流動，愛才能蕩漾。

只是存在而已

每一片草葉，每一朵花，每一棵樹，都只是存在，沒有二心；都只有當下，沒有對過去的悵惘與對未來的渴盼。

所以它們如此自在。

想像一下，你就是那片草葉，那朵花，那棵樹。放下一切期望與掛慮，也拋開一切對自我的挑剔。任蜂蝶來去，任風雨來去，你接受全部的自己，也安於生命的四季。

於是你知道，在皇天與后土之間，你就是至高無上的存有。

鬆開你自己，親愛的，自在無他，只是存在而已。

那個地方

你想到一個遙遠的地方去。
那裡有山脈青青，有白雲悠悠，還有清風習習。
那裡沒有車馬喧囂，也沒有人與人之間的流言、誤會與困擾。
你希望有這樣一個地方，收容你的憂愁和傷心，讓你煩惱全消。
當然有這樣的地方，而且它並不遙遠。
只要在任何安靜之處坐下來，閉上眼睛，然後深呼吸，從一數到十，你就會看見那個地方。
它就在你的心裡。親愛的，當你靜心，就抵達了那裡。

綠蔭中的靜心

走進林蔭深處，彷彿走入自己的內心。

雖然陽光下的笑語晏晏令你溫暖愉悅，但綠蔭中的獨處更能讓你看見自己。

在綠蔭的覆蓋之下，啁啾的鳥鳴也顯得沉靜，不知從什麼地方傳來隱隱的流水聲。

深深淺淺的綠，世界一片清涼。

而你走在其中，昨日遠了，慾望淡了，所有的痛苦煩惱都散了，於是你不覺泛起了微笑，那是從你的心底由衷漾起的笑意。

親愛的，把這片綠蔭放進你的心中，常常走進，時時靜心，每時每刻看見真正的自己。

自己喜歡就好

生魚片配清酒，蛋糕加咖啡，這是公認的搭配。

但你卻偏偏喜歡在吃生魚片的時候來一瓶可樂，也喜歡在享用完滷味後喝一杯濃濃的咖啡。你說，生魚片和可樂都夠嗆，滷味和咖啡則都有炭燒的風味，其實是無上和諧的美味。

看起來不搭調的東西，卻在你的味蕾上成為絕妙組合，而只要你開心，誰說不行呢？這是你的飲食風格，是你的人生品味，是你的生魚片加可樂，滷味加咖啡。

轉彎

你從上一站來，要往下一站去。

你佇立在轉彎的路口，身後漫漫，前方渺渺。你想，過去的同伴們都到哪裡去了？從前那些快樂的悲傷的日子是不是也遠離了？未來的未知的歲月又將如何？

親愛的，不要惆悵，你並沒有失去什麼，你只是在經驗一個轉彎的過程。

轉彎時的離心力自然會讓你丟棄許多舊有的東西，這樣你才能在前行的過程裡，隨時準備承接全新的未知。

生命裡有許多轉彎的時候，每一個轉彎都分開了你的上一站與下一站。

因此你從容地行過轉彎的路口，不再惆悵，只知道盡頭還遠，前路還長。

卷四

讓你的每一個想法都帶著光

像天空一樣天真

天河裡，雲朵如波浪湧動。你看，天空總是那麼流暢地表達他自己。

當一切開朗，是一片無邊無際的蔚藍色。

若有所思時，層層白雲堆積出他的心事。

悲傷來襲了，就痛快淋漓地下一場大雨。

天空從不壓抑，從不隱藏，天空總是面對真實的自己。

就像天空有著如此天真奔放的個性，親愛的，天空之下的你也要自由地展現真正的自己。

內在的平安

你總是感到隱隱的不安，總是覺得生活裡有許多裂縫和缺口。

於是你努力去填補去累積，填補更多的時間賺錢，累積更多被愛的保證。

好不容易當你一切想要的東西都到手了，你卻感到更大的不安，因為你現在擔心隨時可能會失去。

親愛的，安全感不在於你所擁有的東西，而在於你內在的平安，在於你是否願意信任這個世界。

安靜的力量

一個喋喋不休的人，看似有很多想法，其實只是暴露了內在十分缺乏安全感。

所以，說得愈多，破綻也就愈多。

深刻的哀傷或喜悅總是超越了語言，因此真正明白人生的人，往往只是無言。

太多時候，沉默無聲比喋喋有聲更具有魅力。

太多時候，與其說太多，不如輕輕一笑，什麼也不說。

岔路

人生像是一根不斷分岔的樹枝，而你所經歷的一切，就是不斷地從上一個岔路口走向下一個岔路口的過程。

每遇到一個岔路口，你都要停下來做選擇，而你永遠不會知道，走上另一條路是不是會更好。

既然你只能選擇其中一條，那麼就毫不遲疑地向前走去吧。而且你必須相信，這是最好的選擇。

因為是最好的選擇，所以你沒有懊惱，你踏出去的每一個步伐才能充滿自信。

因為你是如此充滿自信，所以一定是最好的選擇。

灰色地帶

天空裡堆積著一塊塊的烏雲，卻只是鬱悶著不下雨，就像那件無法解決的事總是橫亙在那裡，你怎麼也不能跨越過去。

走在這樣的天空下，你的心情當然很難開朗得起來，不知該期待著撥雲見日，還是該提防著傾盆大雨。

灰色地帶是生命中的陰天，對於靈魂的鍛鍊來說，那是一種必須。它讓你懂得等待，也學會忍耐。

灰色地帶終究會過去，那時，你也許會看見豔陽高照，也許會遇到狂風暴雨，但已懂得等待也學會忍耐的你，一定也知道怎麼繼續走下去。

恩寵

被愛的時候，你覺得幸福。

可是只有在被愛的時候，你才覺得被恩寵嗎？

被愛，是被動地等待別人來愛；但人心是最大的變數，若是把恩寵感寄放在別人身上，那就像是落花託付流水一樣身不由己。

人的無常世界畢竟不是神的永恆聖壇。與其向外尋求，不如往內探看。

親愛的，真正的恩寵感，來自於你內在的安全感。

這樣的安全感滋潤了你的內在與外在，讓你像山中清泉一樣湧出愛來。

也只有從內心深處泉湧出愛，你才會真正被整個世界所愛。

不需要後悔

多年以後的此刻，你回想起那時候所做的那個決定，還是惆悵，還是後悔。

要不是那時候那樣那樣，現在怎麼會這樣這樣……你對多年以前做決定的那個自己生氣。

但是，親愛的，你忘了那時候自己許多的不得已，你現在的生氣對那時候的自己不公平。每一個決定，都反映了那個當下的自己最真實的樣子，也反映了當時的狀況。

要相信你已經做了那時最應該做的選擇，所以，不需要後悔。

不需要後悔，時時刻刻接納最真實的自己，別拿現在的你和以前的你過不去。

思想不可思議

親愛的，你知道嗎？思想十分不可思議。

因為思想是一種帶有磁性的能量，會吸引與它同質性的能量，當這樣的能量達到一定強度時，就會形成具體化事件。

所以，如果你總是以悲觀的角度看待自己，那麼你愈擔心的事愈可能發生；相反的，如果你對自己充滿信心，那麼一切都將進行得很順利。

所謂心想事成正是如此。你的思想一如你的生命工場，生產出你的生命事件。

因此，親愛的，要愛你自己，要相信你自己，還要常常鼓舞你自己，當你的思想都在正向的軌道上，正面的能量才能成為你推動整個宇宙的力量。

常常

常常，你會因為發生在別人身上的事，對這個世界感到無能為力。

常常，你會因為發生在自己身上的事，對未來一切失去信心。

親愛的，上天的旨意是一個謎，解謎需要時間的累積。

而人的作為也永遠比不上宇宙的設計，許多目前看似解不開的僵局，都需要你賦予它更多的盼望與耐心。

所以，請堅持對這個世界的善意。

也要相信，當謎題解開的時候，這個世界必然會以同等的善意回應你。

心靈的力量

親愛的，你知道嗎？其實你是個創作者，正在創作屬於你的人生。

你的心靈具有移山倒海的力量，它造就了你的世界——你相信什麼，你就會成就什麼。

相信有愛，愛就會來臨。

相信奇蹟，奇蹟就會發生。

人生是你獨一無二的作品，所以，請好好使用這股神奇的力量，讓你的每一個想法都帶著光，那麼生命也就會走向有光的方向。

風的擁抱

像一個友善的老朋友，風迎面而來，與你抱個滿懷。

一切都好嗎？風的手輕輕拂過你的臉，是一句無聲的問候。

在風的懷裡，原本像個洩氣皮球的你感覺被鼓舞了，能量漸漸飽漲了起來，心情漸漸昂揚了起來。

一切都很好。於是你迎風微笑，覺得自己再度被灌注了一些些希望，一些些力量，也再度有了勇氣去面對那椿令你沮喪的事情。

風的擁抱充滿不可思議的能量，所以親愛的，別關在屋子裡苦悶難過，到屋外去吹吹風吧。讓風抱抱你，也讓風帶走你的失落憂傷。

流動的水域

你說，你的生活像是一座寒冷的冰原，僵硬、凝固，寸草不生。

你又說，你的心境則是一口枯竭的井，深邃、黑暗，看不見光。

這種感覺真不好受，你知道必須讓自己離開這種狀態。

該怎麼做呢？也許就是讓自己從內在生出力量來。

一種相信自己的力量。

畢竟，會變成冰原與枯井，正是因為你漸漸對自己感到失望，甚至絕望。而相信自己，就是從內在升起一股燃燒的火焰，讓自己有繼續走下去的能量。

所以，離開冰原，封上枯井，讓自己成為一座溫暖又流動的水域吧。

親愛的，改變現狀的一切都操之在你，只要你願意相信自己。

魔幻時刻

當整排黃昏的街燈在你眼前瞬間亮起來的那一刻，你的心也跟著亮了。

生活中總有這樣的魔幻時刻，不早也不晚，剛剛好就是在那一瞬間，被你遇見了。

一行燕子飛過天空。

一朵落花從樹梢掉落。

一枚銀幣自你的腳邊滾過。

這些魔幻時刻像是天使給你的神秘訊息，讓你忽然心中一動。於是沒來由的，你知道你是被愛的，也是被想念的。不為什麼，你就是知道，在這魔幻時刻。

鏡子

你和鏡子是朋友，還是敵人？
你面對自己，是覺得可愛，還是可憎？
請你拿著一面鏡子，看著裡面的那張臉，並對他露出你最好的笑容，然後告訴他：親愛的，你真美，別擔心，今天一切都會很順利的。
真的，只要真心喜歡自己，做任何事都會開心，也都能得到美好的結果。

別在乎別人

是的，有人不喜歡你，但那又如何？

那些人以前與你沒關係，以後也不會和你有聯繫，在你的生命之中，他們甚至連過客都算不上。

因此，如果他們並不真正了解你，卻給你貼上某種標籤，那是他們的偏見，你為什麼要因為別人的錯誤而否定了自己？

親愛的，不需要期待他人的肯定，「別人」是一個太抽象的不確定集合名詞，一百個別人不只有一百種想法。你無法討好每個人。

所以，別在乎別人怎麼想，你只需要按照自己的意願，開成自己喜愛的花。

時間的河

聽過這句話嗎？「你永遠不會涉入同一條河流兩次。」

時間就是這條河，過去就是過去了，所以你不會在同一種狀況裡見到同一個人兩次，也不會在同一面鏡子裡見到同一個自己兩次。

一切都在流動，一切都在變化，一切都在往前奔赴中。

親愛的，今天的陽光不是昨日的複製，明日的流雲也不是今天的再版，你的每一天都是新的一天，都要以昂揚的心情去迎接。

像月亮一樣

月亮上有一個女人、一隻兔子和一棵桂樹，這是以前的傳說。
月亮上有外星人窺探地球的秘密基地，這是現在的傳說。
對於月亮，人們總是賦予它許多想像。
對於你，人們往往也有不同的猜測與說法。
但你實在不必理會那些和你相關的蜚短流長。所有的閒言閒語，有如煙雲隨生隨滅，所以管別人怎麼講。
管別人怎麼講，你還是你，月亮還是月亮。
親愛的，淡然處之，靜觀自得吧，就像月亮一樣。

卷五

靜靜陪自己
走一段路

你的房子

你的房子就是你的心。

有時你會邀請三兩個好友一起促膝談心，甚至在屋子裡大宴賓客，但絕大部分的時候，你更喜歡一個人享受自己的房子。你總是說，獨處的時候，做什麼事都好。

房子和心一樣，你住在其中，所要的不過是自在與舒服。

所以，不要讓你的房子成為樣品屋一樣的展示場，就像你不需要別人的讚美才能肯定自己的價值。

布置你的家，是為了在其中感覺那份溫馨與恬靜。

安頓你的心，是為了隨時可以回到你自己。

小宇宙

你生存在一個大宇宙裡，內在也自成一個小宇宙。

從某個神秘的角度看來，這兩個宇宙其實是同一個宇宙。

因此，在向外開發的同時，你也必須對內探索，整個人生才能平衡。

既然外在那個大宇宙如此浩瀚，可以成就任何事情，那麼，你內在的這個小宇宙，當然也同樣深不可測。

雖然人類對宇宙的開發目前只能到達火星，而你對自己心靈的了解也還未曾跨越個人的太陽系，但是，這無礙於宇宙無限的真理，也無礙於你的心靈無邊的事實。

所以，親愛的，如果你可以善用你的心靈能量，開發你的內在潛能，那麼，它將爆發有如星雲生滅般的威力。

如果你在深淵裡

你掉進了深淵般的孤寂，彷彿被全世界遺棄。在這種時候，所有的書籍和音樂都無法幫助你。

有如一個被母親忽略的嬰兒，你感到全心全意的委屈與哀傷，只想痛痛快快地哭泣。

那麼，就像一個嬰兒一般地嚎啕痛哭吧。淚水對你的靈魂來說是很好的清洗。

只是，親愛的，你必須明白，不會有人把奶瓶塞給你，哭完之後，還是得靠你自己的力量走出自設的迷離幻境。

心的影子

當你抬頭仰望雨後的天空，你看見的是淡灰色的雨雲，還是雲後蓄勢待發的陽光？

當你低頭凝視路邊的牆角，你看見的是破損的石塊，還是石塊中那株柔軟的小草芽？

同一個畫面總是隱藏著不同的涵義，只看你以什麼樣的眼光去造景。

這個世界是你心的畫布，你以喜悅創作，就得到喜悅的畫面；以悲傷調色，就得到悲傷的作品。

這個世界是你心的投射，如果心境如雨，看出去就是慘淡的天氣；如果心境美麗，看出去就是一片璀璨與琉璃。

一切從心出發

你的情緒是磁鐵，會吸引符合它的事件。

當你情緒高昂的時候，周圍就充滿了輕快的音符和明亮的色彩。

當你情緒低落的時候，眼前的一切也就漸漸晦暗了下來，望出去盡是令你不開心的人和不開心的事。

快樂吸引快樂，傷痛吸引傷痛。是先有了情緒，才有了事件。

所以，如何處理你的心情，也就等於如何處理你的事情。

調整了內在的情緒，外在種種都將隨之改變。

親愛的，要明白自己擁有可以改變世界的力量，也要相信自己的無限。

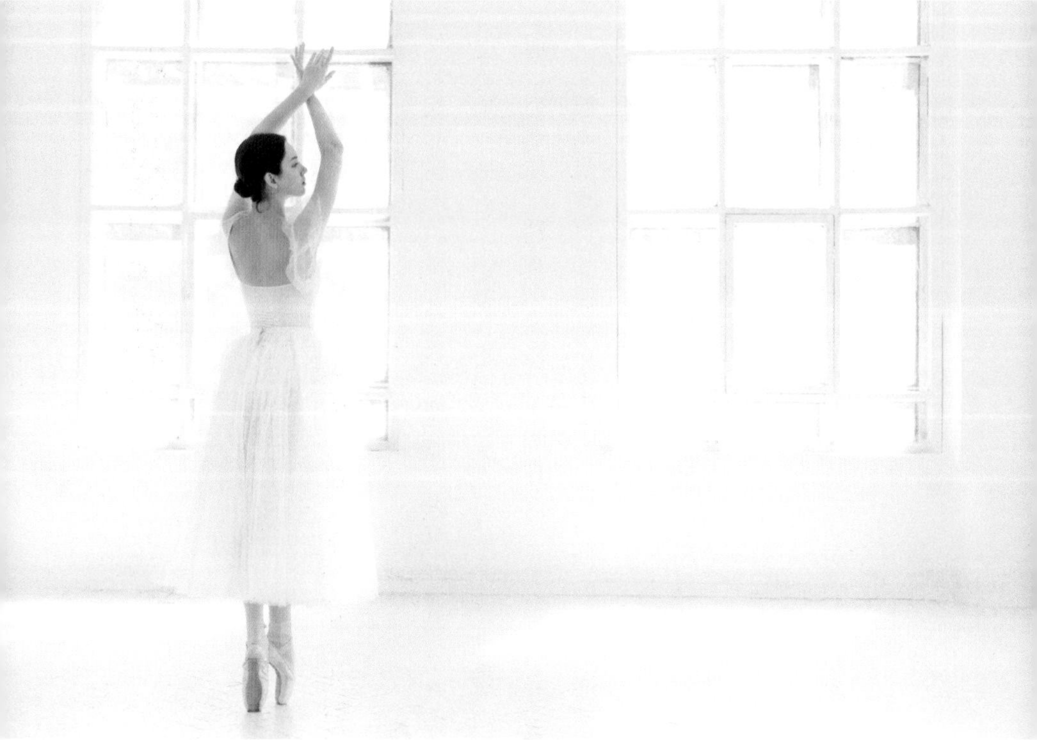

此時是新生之時

深秋的芒草又開了嗎？

你循著去年秋天走過的小徑，來到芒花如海浪起伏的野地。

和記憶中一樣的風景。溫度、濕度，甚至風吹過臉頰的速度也是一樣的。你循著小徑往前走，漸漸有了某種幻覺，彷彿可以就這樣一路走回去年秋天的從前。

然而這是另一個秋天了，一個和以前不同的秋天，一個「此時」的秋天。

在這個秋天之中的你，也是一個和以前不同的你，一個「此時」的你。

此時，新生之時。

親愛的，繼續往前走吧，穿越過感傷的小徑與想念的芒絮之後，你將會再度重逢新生的自己。

進入久違的內在

屋子只要一段時間沒有整理，就會堆滿亂七八糟的東西。

那麼，你的心呢？有多久沒整理了？

庭院只要一段時間不曾修剪，就會長滿掩蔽小徑的荒草。

那麼，你的思緒呢？有多久沒修剪了？

也許你很會為自己搭配出色的服飾，卻忽略了內心裡也有一個需要打理的衣櫥。

也許你總會在固定時間給車子加油，卻也總是忘了給容易沮喪的自己打打氣。

那麼，親愛的，就是現在，找一把舒服的椅子坐下來，隨著適合冥想的音樂，靜靜地進入與你自己久違的內在。

未完成的角落

你的房間裡有一個空著的角落。

你一直在想，要在那個角落裡擺一樣美好的東西，裝飾你的房間。也許是一盆盆栽，也許是一幅畫，也許是其他。於是，當你去園藝店的時候，你會把一盆又一盆的盆栽放進你的想像；當你去畫廊的時候，也會把一幅又一幅的畫放進你的想像，看看它們放進那個角落可能的感覺和模樣。

因為這個未完成的角落，使你的生活有了太多可能的樂趣。所以，你其實並不急著完成它。甚至，你下意識地要保留這個角落，因為永遠不填滿它，就永遠有無限的可能。

親愛的，你的人生也是這樣，永遠有一個未完成的部分，讓你用想像去裝飾它。也因為這個未完成的角落，你的心靈才有進步的空間。

不為什麼

不為什麼，你就是喜歡在早晨起床以後，用一杯燙嘴的咖啡澆醒自己。

不為什麼，你就是喜歡浪費一整個下午去發呆，做一場亂七八糟的白日夢。

不為什麼，你就是喜歡一口氣寫七封信給同一個人，然後又不寄給他。

不為什麼，你就是喜歡在睡前洗一個泡泡澡，以一池蒸氣將自己烘得昏昏欲睡。

不為什麼，你就是喜歡在春天吃櫻花糕，在冬天喝桂圓紅棗茶。

親愛的，不為什麼，任何你喜歡的事都不需要對任何人解釋為什麼，只要自己高興，就是你進行生活儀式的方式。

你愛自己嗎？

你愛自己嗎？

當然囉，你說，你很捨得送漂亮的衣服給自己，也很樂意請自己吃精緻的美食，你總是讓自己享受一切最好的東西，所以，你當然愛自己。

但是，你喜歡和自己在一起嗎？

如果你喜歡和自己在一起，你不會在獨自一人的時候感到沒來由的恐慌和寂寞，不會一再檢查手機的來電顯示，不會以電視的喧囂來填補寂靜的空間，也不會用盲目的購物來滿足內在的空虛。

如果你喜歡和自己在一起，那麼就算只是靜靜地看一本書，或是慢慢地走一段路，你都會覺得很甜美，很喜悅。

就像當你愛著某人時，一定會喜歡和他在一起一樣，那麼，親愛的，若是你深愛著自己，也一定很能享受獨處的美好。

私密的空間

就像先知說的那句箴言：再相愛的兩個人之間，還是該有月光可以穿透的空間。

每個人的心裡都有不能讓別人輕易進入的角落，所以，當他需要獨處時，請尊重他的意願。

那是他面對並重整自己的時候，他需要這樣的過程，就像砂礫需要一段靜止在蚌殼裡的時間。

當蚌殼終於開門，砂礫必然已經化為晶瑩的珍珠。當他終於開門，也將擁有更清明的心境。這兩者都只能依靠獨處去完成。

所以，愛一個人，不是時時刻刻的黏膩，而是在他需要的時候放心和放手，讓彼此都自由。

當你和他有了月光可以穿透的空間，親愛的，天堂的風才能在你們之間舞蹈與迴旋。

感受都是自己的決定

起風的時節，你的心裡也捲起了一堆落葉。

落葉飄墜湖面，泛起無法收束的漣漪，就像那些在你心頭縈繞的往事，一圈又一圈。

於是，總是在猝不及防之間，你跌進了某種難以言喻的哀傷之中。

你只能承受著這樣寒涼的情緒，並且希望低潮快快過去。

但是，親愛的，如果換一種心境，以「享受」替代「承受」，一切的感受便都不同了。

享受自己的孤寂與寧靜，也享受自己的憂鬱與深刻。

是誰規定了美好的情緒只有快樂一種？所有的感受都是自己的決定。

只要你能以享受的心境去體會，那麼，就算哀傷，也可以是另一種動人的感受。

放下自己

一滴水要願意讓自己消失，才能融入大海。

一朵雲要願意破除自己的邊界，才能自由來去。

你也要願意放下自己，放下自己的自傷自憐，放下自己的自我憎恨，放下自己的沾沾自喜……才能感到自由，才能融入無邊的存在。

親愛的，人生最大的奧秘，就在於放下自己，卻得到了全部的世界。

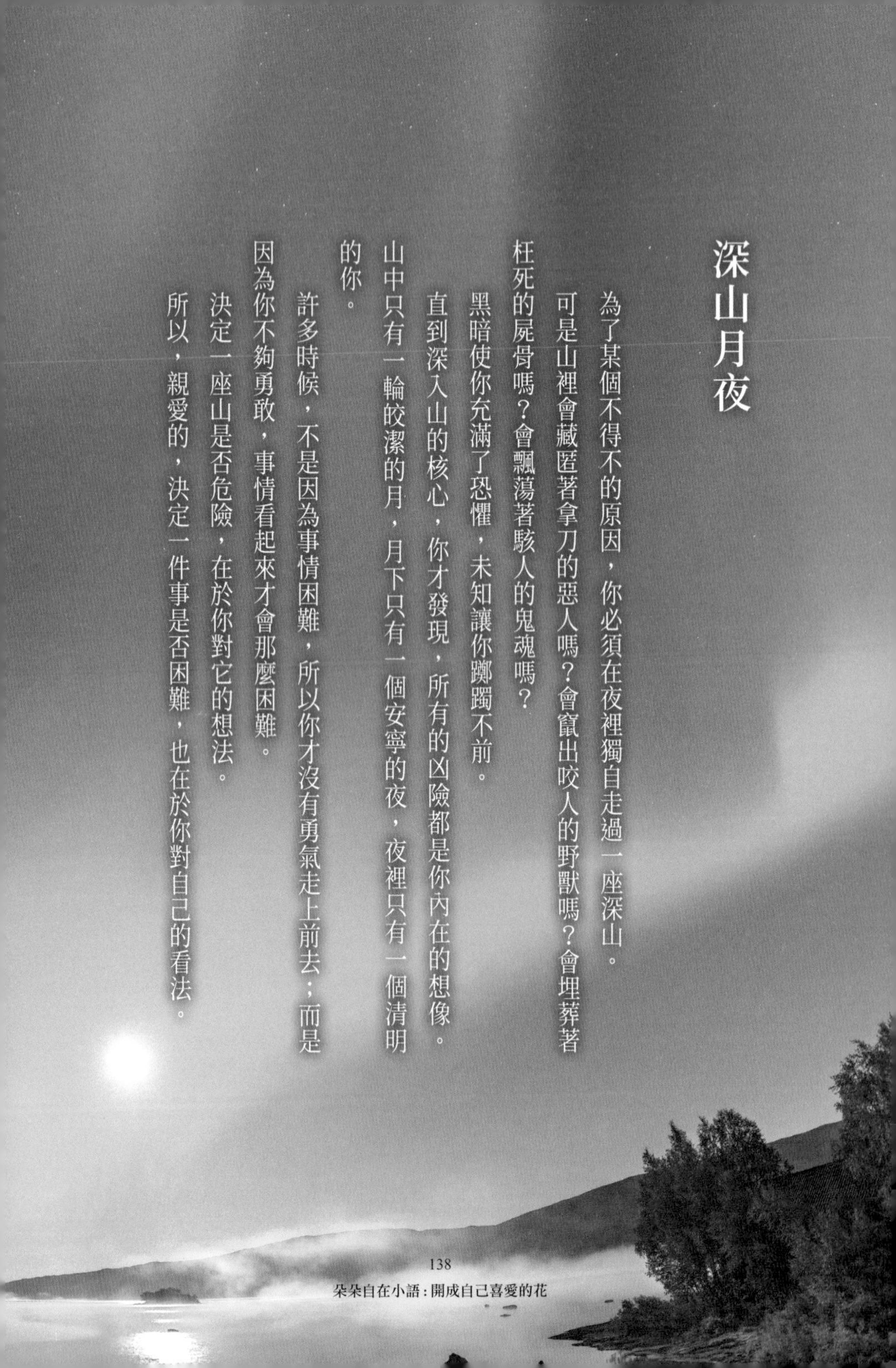

深山月夜

為了某個不得不的原因，你必須在夜裡獨自走過一座深山。

可是山裡會藏匿著拿刀的惡人嗎？會竄出咬人的野獸嗎？會埋葬著枉死的屍骨嗎？會飄蕩著駭人的鬼魂嗎？

黑暗使你充滿了恐懼，未知讓你躑躅不前。

直到深入山的核心，你才發現，所有的凶險都是你內在的想像。

山中只有一輪皎潔的月，月下只有一個安寧的夜，夜裡只有一個清明的你。

許多時候，不是因為事情困難，所以你才沒有勇氣走上前去；而是因為你不夠勇敢，事情看起來才會那麼困難。

決定一座山是否危險，在於你對它的想法。

所以，親愛的，決定一件事是否困難，也在於你對自己的看法。

從圓周走向圓心

你說，每天每天，好像都在圍繞著一個重複的圈子打轉。你說，每天每天，在機械地重複之中，生活簡直一片模糊。

親愛的，若是很有覺知地去做每件事，一切都會鮮明光亮了起來。往內看，向內去找尋。當內在的旅程開始，外在的生活也將跟著改變。

每日的生活彷彿是一個周而復始的圓圈，當你願意深入自己，願意從外圍的圓周向內在的圓心走去，生活才不再是一條線，你才會感到生命的無限。

和自己在一起

你常常感到青春的困惑與惆悵。活著是為了什麼？到底要追求什麼？所謂的愛又是什麼？

你的心裡有好多好多問號。世界何其大，可是你不知道自己將來會變成怎麼樣，前面都是令人眼花撩亂的岔路，你究竟該往哪一條走下去？

親愛的，有太多事情要等到以後才能得到答案，而在將來來臨之前，你必須先學會去感受的，是獨處的樂趣。

讀一本書，進入書中美好的意境。

聽一首曲子，感覺那些悠揚的旋律。

寫一篇日記，細數你的幽微心事。

看一片雲，仰望它的千變萬化。

吻一朵花，汲取它的柔軟芳香。

逛一條街，觀察每一個與你擦肩而過的路人。

散一段步，享受漫無目標的自由。

織一條圍巾，送給親愛的家人。

畫一張卡片，寄給遠方的朋友。

從許多小事當中體會存在本身的單純樂趣。只要懂得自得其樂，任何時候你都不會再感到空虛無聊了。

安於獨處是你的快樂秘方，也是你給未來人生打下的心靈基礎。

安於獨處的人總是知道自己要什麼，不要什麼，必須追求什麼，可以放棄什麼。

安於獨處的人自成一個完整的世界，不會和別人比較，不會受別人影響，對於外在的種種得失起伏不會太耿耿於懷，對於過去和未來也不會焦慮茫然。

也只有與自己處得好的人，才能與別人處得好。畢竟在這個世界上，能夠永遠和你在一起的，只有你自己。所以，你一定一定要成為自己這一生最好的朋友。

如果你已經和一生最好的朋友在一起，那麼，親愛的，你怎麼可能不快樂呢？

走一段路

有時，因為一個情緒的落差，你的心就像是忽然飄落在一條異鄉的街道上。

空曠，寂靜，陌生，孤獨。種種感覺迎面湧來，這時的你，除了沿街慢慢走，其他一點辦法也沒有。

那就走吧，走吧，讓腳步保持固定的節奏，讓頭腦安靜而思慮空無，什麼也不想地往前走。

有時，你需要這樣靜靜陪自己走一段路，沿路放下你心裡的憂傷，把許多無法對人訴說的感覺像麵包屑一樣地撒在路上。街道上的鴿群在你身後一一啄食，你走著走著，心裡漸漸升起飛翔的慾望，許多孰悉且美好的感覺開始回來了。

親愛的，當你感到莫名所以的寂寞，那麼就走一段路，離開心中那條異鄉的街道，找回失落的自己。

拉開窗簾

你關上窗簾，不想看見外面的世界。

你拔掉電話線，不想聽見外面的聲音。

曾經受傷的心，不願再被打擾。你告訴自己，只要不看不聽不言不語，一切就安全了。

好，親愛的，你就安靜地和自己待在一起吧。有時候，你真的需要與外界失聯一段時間，才能平息內在的波動。

但是，當黎明的第一道曙光照耀在你的屋頂上，請你稍微拉開窗簾，感覺一下來自宇宙無處不在的能量，那時，你會發現，曙光同時也照耀在你的心上。

上天也許沒有給你想要的那個愛你的人，可是祂卻給了你更好的，以整個世界來愛你。當你願意敞開自己，那麼，你將會知道。

壞情緒

看你板著一張臉呢，情緒不好嗎？

情緒是一種能量，負面的情緒則是一種負面的能量，對外發作可能破壞人際關係，對內攻擊則可能傷害自己的健康。

所以，為了你的人緣和健康著想，不要動不動就生氣。

如果是你喜歡你在乎的人做錯了，難道不能原諒他嗎？

如果是你不喜歡也不在乎的人惹到你，又為什麼要把情緒的能量浪費在他身上？

許多事情真的不值得你那樣火冒三丈，因為絕大多數的錯誤，都是無心造成的。

若他竟然是故意的，你就更應該一笑置之了，否則豈不中了他的計？為他生氣，還真是對不起自己。

其實也沒什麼好生氣的吧。人生苦短，快樂都嫌不夠了，哪有時間不開心？所以親愛的，你又何必在壞情緒的劇本裡太過入戲。

內在的力量

有時候，你覺得很無力，無法振作起來。
所有的道理你都知道，卻怎樣就是做不到。
那種感覺，就像你明明很渴，而你也知道只要為自己倒一杯水就可以解渴，卻連走到廚房的力氣都沒有。
彷彿從身到心都癱瘓了，你流著淚問自己，為什麼會失去內在的力量呢？
與其探究失去的原因，更重要的，是要讓自己快快生出新的力量來！
該怎麼做呢？也許先從感謝自己開始吧。
丟開那些自我批判的念頭，只要感謝自己。
感謝你的鼻子可以甜美而順暢的呼吸。
感謝你的眼睛可以看見窗外的陽光與月光。

感謝你的皮膚底下還有溫暖的血液在奔流。

當你懂得感謝自己，並且喜歡自己，然後發現自己是一個多麼珍貴的人時，你也會重新感到，原來自己的內在還有那麼多、那麼多的力量。

親愛的，你不但可以為自己倒那杯水，其實，你自己就是一個豐沛的源頭。當你真心感謝自己的同時，必然也能看見自己的無限。

卷六

用心凝視

流過的每個瞬間

每一個片刻

每一個片刻都是獨一無二的存在，都是不會再復返的時光。

所以刷牙的時候，就像是第一次刷牙，也像是最後一次刷牙。

每一餐飯，都是五穀雜糧青菜水果的重組，都帶著各自產地的陽光和雨水的記憶，都蘊藏著絕無僅有的滋味。

每一回走在路上，與擦肩而過的陌生人之間，都像河流與河流的相遇，都是神聖的交會。

每一個朝陽與夕陽，都呈現了變化萬千的光影，剎那裡就有千萬的生滅，你看見的並不是昨日的太陽。

當你細細去體會你所置身的每一個當下，所有的瞬間就新鮮透明，像在一間開滿了窗子的房子裡，每一扇迎光的窗戶都擦得晶晶亮亮。

用心去凝視流過的每個瞬間，你知道它們都充滿著當下的美，雖然還是這樣一天過著一天，但你細細感受著每一個片刻的獨特，不會再任由它輕忽易逝。

小幸福

不執著過去的遺憾，也不預支未來的憂愁。

沒有牽掛任何人，也沒有煩惱任何事。靜靜看著一朵雲飄過。就只是靜靜看著。

全心全意地沉浸在此時此刻。

心如天空，任白雲穿透。

這就是幸福。

心的安歇

和所有的人一樣，你有時快樂，有時不快樂，它們有如天平的兩端，而你總是在其間擺盪。

擺盪久了，你漸漸累了，並且你也終於發現了——那些讓你如此不快樂的，正是曾經讓你深深快樂過的。

此刻的你，渴望著心的安歇，那麼，讓你的想像帶著你，來到靈魂的水邊。

想像自己是一條流水。然後，感覺一條流水的清澈與輕快。

如果你感到悲傷，就把那些情緒當做是淤積的泥沙，像流水一樣地穿越過去。

如果你感到歡愉，也把那些執迷當做是漂流的落花，像流水一樣地穿越過去。

美在瞬間

感覺總是不停地在流動。對一個人，你可能今天思念，明天無言，可能這一刻還渴望與他天長地久，下一刻卻希望獨自一人去天涯海角。

所以，你如何去問一個人，會不會永遠愛你？

親愛的，你應該知道，永遠沒有永遠，永遠諸事無常。

可是，你也應該知道，每一個瞬間都可以是永恆。當下的誓言是真實的，當下歡顏是定格的，那些美好在那些永恆的瞬間就已經被完成了，只是你無法將它們攜帶到往後。

美過就好了，愛過就是了。愛情的奧秘在於，不奢望永遠，才能明白永恆。

開花的樹

你天天經過門前那棵會開花的樹，但你曉得它的名字嗎？

你知道春天的它會長出粉紫色的小花，秋天的它則會被風霜渲染出一身淺橘色的風華嗎？

你可曾注意過，下雨的時候，它的葉梢會滴下雨串如淚水，陽光燦爛的時候，它的葉面又像是會發光的臉龐。

你天天經過那棵會開花的樹，但你從來沒有意識過它的存在。你甚至不曾發現，為了拓寬馬路，它是什麼時候悄悄消失的？

許多時候，許多美好的事物就在你的眼前生滅聚散，如果沒有用心去觀看，也就這樣與它悄悄錯過了。

所以，親愛的，不要只是熟悉東京或是巴黎的地圖，卻不認識自家門前那棵會開花的行道樹。

現在

過去的已經過去，未來的還在未來。

所以，親愛的，你沒有其他選擇了，只能好好擁抱現在。

如果正在吃一塊糖，就專心品嘗它的甜味。

如果正在讀一本書，就用心進入那美妙的異想世界。

如果正坐在公車上，就放心欣賞沿路的風光。

如果有人在你身旁，就全心全意對待他。

別再沉迷與荒廢，別再放縱與浪費，親愛的，請你以一種
清醒的眼光，好好面對眼前的時光。

被陽光擁抱

被陽光擁抱，是什麼樣的感覺呢？

無邊無盡的溫暖覆蓋你，無遠弗屆的能量包圍你，穿透了皮膚，進入了骨髓與血液，解凍因為悲傷而封凍的心，鬆開因孤寂而僵冷的肢體。

於是你感到自己內外都在慢慢融化，漸漸成為一道涓涓流水。

於是你又一次願意敞開全部的自己，向這個世界輕快地奔赴而去。

親愛的，被陽光擁抱的感覺，正是被愛的感覺。

無私的陽光總是不吝惜為你注入源源不絕的熱力與勇氣，所以，當你孤單無助，當你欲哭無淚，何不仰起你的臉，淋一場光之浴，全心全意地在宇宙的大愛裡感受那份豐盈。

快樂儀式

早晨起來，你開始想，今天做什麼事來讓自己快樂呢？

烤一個堆滿奶油的蛋糕？買一雙好穿又好看的鞋子？還是約朋友到海邊去走走？

請自己喝一杯香醇的咖啡？看那齣一直想看的電影？還是把十個指甲塗上十種不同的顏色？

親愛的，當你想像著哪些事能讓自己快樂，你就已經開始感到想像的快樂了。

每天每天寵愛自己，別讓日復一日像影印機印出來的那樣一成不變。

每天每天進行你的快樂儀式，好讓每一個今天都是特別的一天。

珍惜你所擁有的

你常常在意的，是你沒有的。你總是悵然的，是你欠缺的。你一直耿耿於懷的，是你始終追求不到的。

因為這樣，你反而忽略了那些與你長相左右的。

直到有一天他與你漸行漸遠了，不在你身旁了，你才赫然明白，自己曾經擁有的是多麼珍貴的東西。

擁有的時候，你未曾感覺自己正在擁有，失去了以後，你才終於體會自己曾經擁有。

親愛的，別讓這樣的遺憾一再地發生，萬事萬物稍縱即逝，珍愛眼前應當即時。

單純

因為思慮過多，所以你常常把你的人生複雜化了。

明明是活在現在，你卻總是念念不忘著過去，又憂心忡忡著未來；堅持攜帶著過去、未來與現在同行，你的人生當然只有一片拖泥帶水。

而單純是一種恩寵狀態。單純地以皮膚感受天氣的變化，單純地以鼻腔品嘗雨後的青草香，單純地以眼睛統攝遠山近景如一幅畫。

單純地活在當下。

而當下其實無所謂是非真假。

既然沒有是非，就不必思慮；沒有真假，就無需念念不忘又憂心忡忡。

無是非真假，不就像在做夢一樣了嗎？是呀，就單純地把你的人生當成夢境去執行吧。

起風的時候

起風的時候，樹林裡一片沙沙作響，彷彿想念此起彼落，耳語紛紛。

你走在風中，感覺整個世界好似張開雙手，將你飽滿又輕柔地擁入懷中。

在這幸福的片刻，你想起了一個人，而你的思念瞬間化成清風，拂過他所在之處。

他走在風中，感覺自己被整個世界擁抱的同時，也溫柔地想起了你。

人間的聚散恰似天上的流雲，在風中變幻無窮，但無論他在哪裡而你又在何處，只要有風做為彼此的連接，愛的念波就永遠不會斷了線。

起風的時候，一些想念正在形成，一些願望正待實現。

單純的喜歡

做那件事，是因為你喜歡做的本身，而不是為了它能給你什麼利益。

喜歡不該有功利的目的，否則它帶給你的快樂也就不純粹了。

就像畫一幅畫，是因為喜歡畫畫時那種忘我的歡愉，而不是為了能賣得一個好價錢。

就像洗一堆碗盤，是因為喜歡它們從一身髒污變得亮晶晶的過程，而不是為了得到旁人的誇讚。

甚至，就像愛一個人，是因為喜歡在愛的當下，那種單純地只為付出的美好，而不是為了得到被愛的回報。

迷路

你曾經迷路過嗎？

迷路的當下，你害怕嗎？

在那從來沒到過的、環顧陌生的景況中，你是因為對未知可能隱藏的凶險感到不安，還是因為對未知可能展現的美麗而期待不已？

迷路是日常生活裡一次小小的出軌，讓你在安全的界限邊緣輕輕地遊走，讓你看見預設之外的風景。

所以，偶爾迷路是好的，一點點冒險，一點點開拓，卻大大地測試了你的彈性。

只是，親愛的，迷路的時候，你必須知道自己正在迷路，也必須告訴自己，無論如何都要找回原來的路。

一條路如此，一段人生亦然。

沒有理所當然

沒有任何一個人，一件事，或一種狀態，是理所當然的。

好比說，當你正在寫著你不想寫的考卷時，有人可能連健全的雙手都沒有。

或者，如果你不喜歡窗外下個不停的雨，有人只希望能平安躲過炸彈的侵襲。

也有可能，在你抱怨家人都不了解你的時候，有人卻為了不得不遠離他的家鄉而痛哭不已。

親愛的，你所擁有的一切，從來都不是理所當然的。

因此，請珍惜現在的幸福，即使它很微小，也一定是獨一無二的珍貴。

等待

今年的第一朵櫻花已經開了，木棉也長出含蓄的小芽苞，準備抽出嫩綠的新葉；但旅人木在去年秋天落盡葉子之後，至今依然一身枯枝，不曾顯露任何復甦的景象。

天氣還是好冷好冷，然而在冬天的外衣之下，已經甦醒了春天的靈魂。

世事也是如此吧，許多時候以為山窮水盡，其實轉個彎就是好風好景。

四季的奧秘在於等待。

風箏

起風的日子，適合放風箏。

你握著線的這一端，仰頭凝視線的那一端，看著風箏在天空飄搖，看著它身後那三條長長的穗帶，一條是對過去的留戀，一條是對未來的恐懼，還有一條是對現在的沮喪與失落，它們在天空裡呈波浪狀湧動，像三尾離了水的魚。你恍惚覺得放的並非風箏，而是你的心。

風停了，該收線了，你捲著線軸，把對過去的留戀收回來，把對未來的恐懼收回來，把對現在的沮喪失落也收回來，讓風箏靜靜躺在草地上，像一隻失去天空的鳥。而這次你很明白，你收的並非風箏，只是你的心。

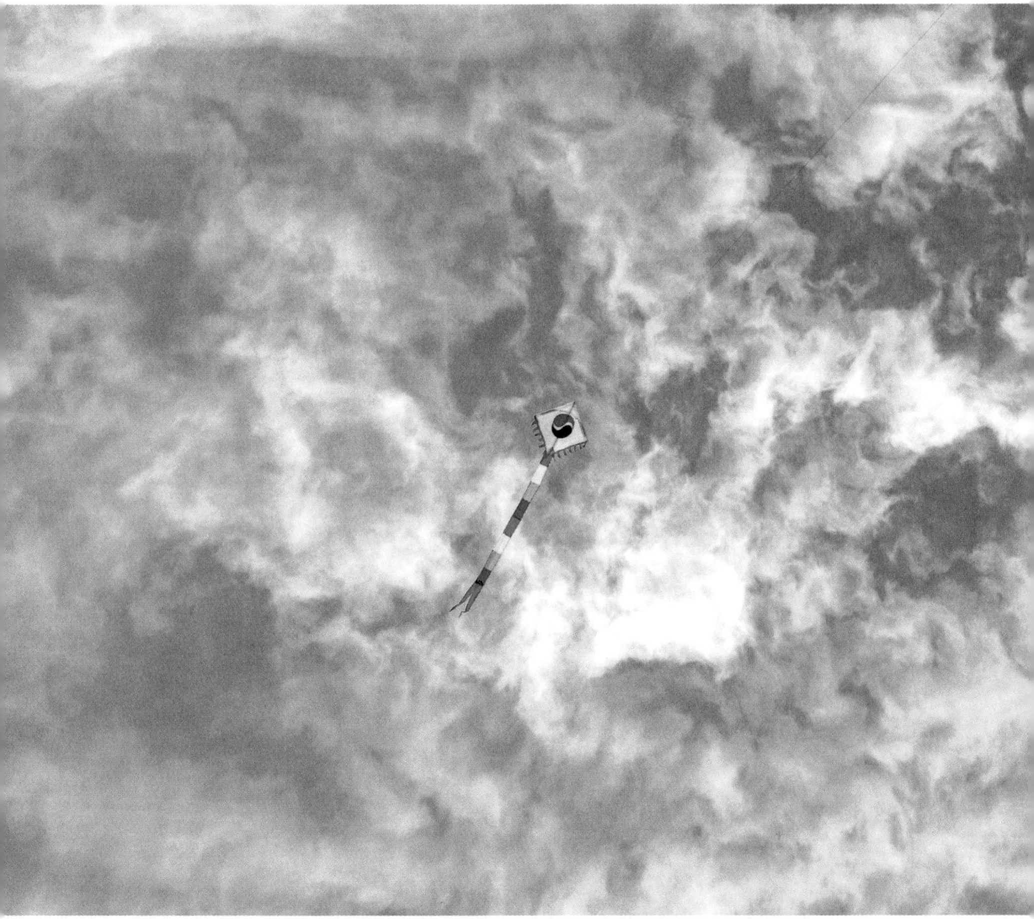

流淚的眼睛

如果你的心像一朵沉沉的雨雲，那就痛痛快快地哭吧。悲傷的情緒是負面的能量，若不定時以淚清洗，總有一天會以疾病的形式發作的。

與其大病一場，不如大哭一場。

悲歡離合總無情，每個人都有想要嚎啕痛哭的時候。哭與笑一樣必須。

只是，哭過之後，別讓自己繼續沉溺在悲傷的情緒裡。

與其想著你已失去的，不如想著你所擁有的。

至少至少，你還擁有可以流淚的眼睛。

而可以流淚的眼睛，當然也可以泛起笑意。

每一個接納與釋放

有時候，你會覺得無以為繼，不知道日子要怎麼過下去？

也有時候，你就要被悲傷所擊倒，整個人從裡到外只有一片窒息。

親愛的，無論你正為了什麼事而難過，都先把注意力轉移到呼吸上來吧。

感覺你的呼吸。把每一次的呼與吸，都當成一次接納，一次釋放。

接納一切正在發生的，也釋放一切已經發生的。

接納所有的喜怒哀樂，也釋放所有的悲歡離合。

接納每一個流過的當下，也釋放每一縷逝去的塵煙。

只是呼吸，其他別再多想。

只是呼吸，不斷地接納現在，也不斷地釋放過去。

只是呼吸，於是你在深深的傾吐之中，漸漸感到了平靜，然後得到了療癒。

鑽石時刻

你不想說話，不想思考，不想離開此時此地。

你只是敞開自己，感受光的愛撫，風的親吻，流水的耳語。

曾經冰凍的憂愁都在陽光的溫柔裡消融了。曾經凝結的傷感也在清風的蕩漾中消散了。

多麼完美。多麼幸福。就算用全世界最昂貴的鑽石來交換，也無法獲得這樣發光的時刻。

在這樣的時刻，你忘卻了自己，遺失了過去與未來，記得了永恆。

人生啊

人生是在冷靜與熱情之間不斷轉折的過程。

發生美好的事情時熱情，遭逢意外時冷靜。

人生是天堂與地獄的雙畫面不斷切換的過程。

在天堂裡感受那份喜悅，在地獄裡則學習自我超越。

每天每天，你可能遇見好人好事，也可能遇見壞人壞事，這是人生。

每天每天，你可能看見花開花落，也可能看見月圓月缺，這也是人生。

一切都好

開始是好的，結束是好的。
相聚是好的，離別是好的。
一切都好，一切都是你生命裡珍貴的經驗。
是因為這些無可取代的經驗，造就了獨一無二的你。
而人生的價值，就在於那些走過的路，做過的夢，有過的回憶。
所以，快樂是好的，悲傷是好的。
愛著他是好的，不愛了也是好的。

國家圖書館出版品預行編目資料

朵朵自在小語：開成自己喜愛的花 / 朵朵著. -- 初版. -- 臺北市：皇冠文化出版有限公司, 2022.04
面； 公分. --（皇冠叢書；第 5015 種）（朵朵作品集；14）

ISBN 978-957-33-3868-0（平裝）

863.55　　111003561

皇冠叢書第 5015 種
朵朵作品集 14

朵朵自在小語：開成自己喜愛的花

作　者—朵朵
發 行 人—平雲
出版發行—皇冠文化出版有限公司
臺北市敦化北路 120 巷 50 號
電話◎ 02-27168888
郵撥帳號◎ 15261516 號
皇冠出版社（香港）有限公司
香港銅鑼灣道 180 號百樂商業中心
19 字樓 1903 室
電話◎ 2529-1778　傳真◎ 2527-0904
總 編 輯—許婷婷
責任編輯—陳怡蓁
美術設計—嚴昱琳
行銷企劃—許瑄文
著作完成日期— 2021 年 12 月
初版一刷日期— 2022 年 4 月

法律顧問—王惠光律師

讀者服務傳真專線◎ 02-27150507
電腦編號◎ 573014
ISBN ◎ 978-957-33-3868-0
Printed in Taiwan
本書特價◎新台幣 299 元 / 港幣 100 元